JN159981

句集

# 川柳三味 Ⅲ
Senryu Zanmi

＋風味

津田暹
susumu tsuda

新葉館出版

川柳三味Ⅲ
＋風味

# 目次

装丁装画・津田うらら

# 川柳三昧Ⅲ

＋風味

# Sweet

自然　物　人間

冬開く花の勇気を褒めてやる
美しく咲くと伐られてしまう花
恋をしたくて飛んだのに杉花粉

自然

お隣に負けない芝に植え替える

芽の出ない鉢にも水を遣り続け

菜の花を茹でる悲鳴を聞きながら

人それぞれに枝豆の茹で加減
剪定で植木個性を歪められ
昆虫の来ない部屋にも花は咲き

サボテンの棘は攻撃などしない

菜園に三原色を実らせる

上を向くより下を向く花が好き

梅の花だって散りたい盃に

空豆の方が大豆と孫が言う

百合の花にも白百合と鬼百合と

根曲りの松に教わる生きる術

一本では生きていけないエノキダケ

花園の地下で根っこの鬩ぎ合い

食卓が笑むパプリカの赤黄青
キラキラネーム苺蜜柑にお米まで
子育てのように見守るゴーヤの実

生える場所選ぶ余裕のない野草

腐葉土になる気の落葉掃き取られ

青山椒我が青春の頃に似て

枯れるほど風情が増していく芒

杉だって子孫を遺したい花粉

虫達に負けずに食べる大根の葉

帰化したとアワダチ草の黄が叫ぶ

少子化を嗤う我が家のミニトマト

わたくしに何か言いたい枯れ芒

賞の無い鉢も見事な菊花展

人よりも蜂呼ぶために花は咲く

葉の裏で春を感じている蛹

ひね生姜老いには老いの味があり

痩せた地で育ったほうが美味い蕎麦

柩にはなると思ってない檜

何思う一枚だけで舞う落葉

玉乗りのアシカよ海が見えますか

捕鯨国日本にある鯨塚

鯨幕見ても涙のパンダロス

犬小屋を今では家の中に置き

座敷犬夢は広野を駆け巡る

ここ掘れと吠えてはくれぬ座敷犬
プラごみを食べたクジラの肉を食う
二人っ子政策知っていたパンダ

合唱の蛙はみんな恋敵

ピノキオの鼻欲しくなる競走馬

牧草をミルクに変えてくれる牛

究極の腰のくびれを蟻に見る

仰向けの蝉合掌の形して

民意民意福祉福祉と蝉も鳴く

割れた背で何か言いたい蝉の殻

草食べる虫も虫食う草もある

餌撒けば平和な鳩も競い合う

鶏の夢も広野を駆け巡る

ベランダの野鳩としばし見詰め合う

縁日のヒヨコはみんな雄だった

ウイルスへ鶏もワクチン欲しかろう

少子化が雀の世界にも及び

絶食を金魚に強いる旅三日

命って美味しいですか踊り食い

目出度さも中位なり無頭海老

死ぬ時の魚は天に白向けて

高すぎるサンマへ民の高揚枝

背骨まで食べて目刺を喜ばす

頭から齧り目刺も浮かばれる

見習おう魚はバックなどしない

殿様と呼ぶのが相応しい秋刀魚

北極で何れ見られる熱帯魚

街が好き人もカラスもゴキブリも

生物はみなヒト科より美しい

海の日に山の日川が嫉妬する

満月になった途端に欠ける月

元旦の月は誰にも拝まれず

ひつじいわしうろこと雲も群れたがる

太陽の燃え尽きる日をふと思う

土星には輪地球には和が欲しい

朝焼けの真紅と夕焼けの深紅

売れ残るケーキ気になるクリスマス

物

三ツ星に勝る昭和の蒸かし芋

訓練と知って乾パンホッとする

パン食が乱す正しい箸使い

自給率上げたくて買う米粉パン

おふくろの味を冷凍品が超え

一個百円昔の味のする卵
極細のソーメンにさえ強い腰
マヨネーズ水と油は仲が良い

彩りをアートと思うちらし寿司

回転寿司プリンのお皿まで回り

コンビニのおでんが秋を連れて来る

無事喉を通り安心するお餅

新米を新米らしくする土釜

麦飯を今はグルメとして食べる

イカ墨のパスタが腹を黒くする

秋風へ出番の減ってくる麦茶

多機能のレンジに指先が惑う

握り締め過ぎても開かぬビンの蓋

王冠と瓶に必ず来る別れ

飢餓の国には有り得ない迷い箸

気が合ってアドレスを書く箸袋

私より五倍はのろい食洗機

御の字を付けてはならぬ玉杓子

キッチンがいいとトイレの換気扇
換気扇だって吸いたい時がある
甘酒も地酒も旨し初詣で

コンビニの酒にお幾つかと問われ

女子会のブームに甘い酒が増え

成人になっても買えぬ酒煙草

紅葉に負けない顔に酒がさせ
年金に無縁三ツ星ななつ星
温もりが伝わる譲られた座席

地下鉄のホームは風が先に着き

吊るすのも跨ぐのもあるモノレール

真夜中の遮断機立ったまま眠る

同時には絶対点かぬ青黄赤

自転車は赤信号を物とせず

礼を言う尾灯威嚇をする尾灯

意地悪と短気が鳴らすクラクション

上昇も落下も速いオスプレイ

自動車が無ければ飛べぬグライダー

飛行機の翼バタバタしたくなる
何粒か数えたことの無い黄砂
ストレスを癒やしてくれる埴輪の眼

太陽光パネルの向きで知る方位

二重窓にされてしまった保育園

空調が窓を開かないものにする

誰も見ていないと笑う鬼瓦

爪らしくなくなってきた足の爪

築地塀寺には寺の格があり

日に干された挙句に叩かれる蒲団

神棚の榊もメイドインチャイナ

ベッドにも成れる段ボールの進歩

柔軟剤頭用のは無いですか
公園の遊具の色も赤黄青
直ぐ知れる隠しカメラの隠し場所

日曜が左右で迷うカレンダー

目立たないように汚れている網戸

大掃除ルンバは煤が祓えない

しなければならない掃除機の掃除

悲鳴聞く耳は持たない花鋏

大小のボールが人を弄ぶ

ビニールは相合傘に適さない

想い出が高速にする走馬燈

本当は逆さ向きたい風見鶏

戸の軋む音が我が家の震度計

家計簿に欠かせぬ二色ボールペン

折らないで欲しいと新札が睨む

耳栓としても役立つイヤホーン

自らもゴミしかなれぬゴミ袋

動かない浮子夕焼けが美しい

大きくて広い昔の父の胸

老いて角立つ人円み帯びる人

前向きに善処しますと向く後ろ

人間ほか

子を叱る教師を叱るモンスター

メダル噛む負けた選手は爪を噛む

握手する感触で知る敵味方

丸から四角赤いポストも人情も

人間に脚があるから蹴躓く

辞書に載る前に廃れる流行語

本心を記す言葉が辞書に無い

実感が湧く悩殺という熟語

サンキューが言えて言えないありがとう

音楽という人生の調味料
詩心を育む四季に感謝する
言の葉に薄化粧して詩を生み

胸中の言葉発酵して詩に

異次元へ誘う響き合う言葉

言葉みな磨けば光るものばかり

# Spicy

時事　社会

禁じられた遊び戦はまだ止まぬ
大戦も二度あることは三度ある
9条が通せんぼする海ゆかば

戦争と平和

ドローンには無かった武器になるつもり

戦死者の血で黒海も紅海に

満月の裏は戦場かも知れぬ

シャボン玉飛ばそ戦のない空へ
被爆した国が言えない核廃棄
棄てるだけなのに出来ない核廃棄

降らせたはヒト鉄の雨黒い雨

核の傘より松茸の傘が好き

六日九日十五日って何ですか

十一時二分と八時十五分
差し伸べる両手に届かない平和
ナイターの明かり平和だなと思う

平和って脆いと思う鳩サブレ

憲法にも要るのでしょうか表替え

八百万の神は争ったりしない

国境を成層圏に引きたがり
凪の日も辺野古の海は波が立ち
プーチンの後六年にゾッとする

中国語には無いらしい済みません

コピー機へ特許が列をなすチャイナ

ノウハウのコピペで中国が肥る

石庭の静寂破る中国語
その内に進みだすかも兵馬俑
侵犯へ武器は使えぬ巡視船

尖閣に港が欲しい自衛艦

脳天に声帯がある北のアナ

ミサイルの一部シジミで出来ている

撃ち上げの理由をミサイルは知らず
ミサイルがＪアラートを慌てさせ
ミサイルを齧りたくなる飢えた民

天高くボスだけ肥ゆる北の秋

父と娘の太った国が飢えている

導火線じみる三十八度線

この頃の梅雨と政治にないけじめ

社会・経済・情報

山動くそんな昔を恋う野党

失言を手ぐすね引いて待つ野党

野党連合水と油をどう混ぜる

ＡＩにお任せしたい永田町

眠剤が無くても寝れる議員席

法螺貝を吹き合う国会の質疑
Ｄ５１のような総理が欲しくなる
お笑いのタレントが説く政治論

千人で世論調査という不思議

予算案に国債という膨らし粉

不景気がポケットティッシュ薄くする

時化の海まだ抜け出せぬ小企業

国民へ回そう思いやり予算

投票日安本丹と書いてみる

天国に行くにも掛かる消費税

年金を僕より先に税が取る

元気だと損する介護保険料

叫んでも先立つものが無い福祉

憲法を嗅ぐとバターの匂いする

凧揚げの凧に物価と書いておく

建前の社説本音の投書欄

重大なニュースあるのに休刊日

新聞は旧聞ですというネット

新聞が合羽着てくる小雨の日

全国紙より地方紙が温かい

新聞の隙間を埋める週刊誌

再生紙過去を問われることはない

栞どう挟むのですか電子本

絶対に風はめくれぬ電子本

目も耳も角ばってくるデジタル化
弁解へさらに炎上するブログ
中道というマスコミがつまらない

中毒は食べ物だけでないスマホ

会ったこと無い友達も居るスマホ

丁寧が過ぎて詰まらぬ入門書

文春を開いてみれば我が子なり

針小を棒大にする週刊誌

電通に数多賄賂のコンセント

ネット社会性善説を嘲笑う

セールスの靴が泣いてるオンライン

過払いへ親切過ぎるコマーシャル

嫌なニュース耳にもマスクしたくなる

4K と 8K の差が分からない

堂々と五日遅れるゆうパック

兎より亀が切手に似合いそう

一円も絶対まけぬ切手代

町内で三日かかって着く手紙

郵便の着くのが飛脚並みになり

限界集落になりそうニュータウン

ニュータウン向こう三軒みな空家

スーパーも消えて孤島になる団地

デパートもシャッター街の仲間入り

駅前の店駅ナカに客取られ

コンビニで負けてもらったことが無い

コンビニが似た顔にする地方都市

コンビニの跡地にコンビニが生える

コンビニの味万人の舌に媚び

店長という名が軽いチェーン店

午後五時に始める店と終わる店

外国の汗百均で安く買い

院外に薬局という小判鮫

武道よりライブで埋める武道館

理想郷ですよと特老のチラシ

広告はみんな笑顔のケアホーム

眠らない街眠れない人で混み

超高層ビルは遺跡に成り難い
スカイツリー周りの地価も高くさせ
首都高を外して欲しい日本橋

公園は禁止の札を立てる所

合戦も達磨も知らぬ過疎の雪

家族数二を切る大都市の孤独

逆走の本人以外みな慌て

憧れの航路も宇宙へと変わり

静岡が通せんぼするリニアカー

免許返納車で行くと帰れない

電車内向こう三軒皆スマホ

アクセルに急ブレーキが欲しくなり

自転車にも要るなと思う免許証
される方だって辛いという介護
車座が椅子席になる高齢化

万の字を千に変えたい万歩計

楢山に並び火葬場にも並び

歩道橋錆びつく少子高齢化

懐石も椅子席になる高齢化

上下左右前後斜めも皆介護

一日にも格差元旦大晦日

日の丸の丸が夕陽に見えてくる

デコ爪が良妻賢母死語にする

ネイルよりハートに欲しくなるアート

クロネコも飛脚も足が不足する

勧告で済むから止まぬ偽表示

行列の先頭にある女子トイレ

アメリカでうっかり言えぬ済みません

怒りっぽくなった自然も人間も

梅雨入りと明け口ごもる気象庁

X線と呼べば許せる放射能

子宝も黄金も減っていく日本

オレオレをやりたくもなる被害額

オレオレへ取り決めておく山と川

咄家の湯呑み拳で出来上がり

落書きに日の目を当てる考古学

予定調和に縁の無いミステリー

右傾化が好き台風のことですが

脚力が要るランニングホームラン

逝く夏の尻尾太くて長すぎる

タイヤまで盥に見える救急車

直ぐ来ても行く先未定救急車

日本にも難民が居るネットカフェ

先生の眼にはイジメでないいじめ

アンケート取らねば分からないイジメ

校長は聞いてませんというイジメ

キラキラネーム付けて虐待してしまう

いじめだと気付いてくれぬ保健室

ユニクロが裁縫鋏死語にする
くすぐれば笑うでしょうかテロリスト
宅配のピザの原価が気にかかり

鯉幟にも見かけない子沢山

子ども食堂に済まない食べ残し

常識になってしまった非常識

履歴書に性別欄がまだ残り

アマとプロ交流させる裁判所

ロボットが何れは競い合う五輪

法案にもあって気が楽誤字脱字

世界平和家庭の文字に身構える

市民団体の市民って誰ですか

金星の金の相場も安くなり
取り直しあるが引き分けない相撲
番付表上下逆さと気付かされ

火事だけにあるわけでない消防署

赤帽をキャリーバッグが死語にする

粉雪が外で舞ってる水着ショー

塩漬けの株が砂糖の味になり

やられたと思う特許の思い付き

ＡＩも当てるのは無理ジャンボくじ

ＡＩの作句をＡＩが選句

ＡＩは１＋１＝３知らず

セクハラとタッチパネルに言われそう

トイレにも並びトイレ紙にも並び

5グラムに宇宙の謎が詰めてある

ロボットが初心に還ることはない

北斎の波はゴッホにまで届き

ニッポンチャチャチャナインイレブンフィフティーン

レンタルがあればと思う脳回路

健康・コロナ

人情もテレビも髪も薄くなる

失ってから悔いても遅い歯も恋も

歯がみんな抜けても用のある歯医者

相部屋の見舞いへ笑い声は避け

傘寿まで平均寿命以下となり

体調で微妙に変わる目分量

心房細動のリズムでないリズム

月一度薬を呉れるだけの医者

楷書から草書へいいえ手の震え

散骨は止めとく高所恐怖症

翌日は腰が立たないスクワット

病院食C級グルメにもなれず

逆走を脳細胞もし始める
前触れが無いのも困るピンコロリ
副作用止める薬も渡される

九層倍だったと判るジェネリック

棒グラフみんなコロナに見えてくる

出演でコロナ太りの専門家

習近平を習隠蔽にする武漢

感染者数もう気にならぬ感染後

パチンコ屋　オヤ　コロナにも休まない

美味しそうパンデミックとクラスター

引きこもりの気分コロナに教えられ

マンションの廊下往復さすコロナ

生きてたらカミュが書くだろうコロナ
陽性も性格ならばよいのだが
英雄の像にもマスク掛けてやり

探査機へ姫もウサギもマスクする

マスクして目は口以上ものを言い

インフルへヒト科は生き埋めに出来ず

人間も生き埋めしろと叫ぶ鶏

凍らない海シロクマが痩せてくる

温暖化梅雨より先に夏が来る

環境ほか

北極グマ解ける氷にしがみつく

暖房を利かすと進む温暖化

冷房にしたって進む温暖化

懐は氷河期である温暖化
温暖化寝耳に水がいつか来る
人間の心に欲しい温暖化

雑草も役立つ温暖化防止

小春日が残暑のような温暖化

酷暑から極暑へ汗も濁りだす

クーラーに徹夜をさせる熱帯夜
十五度の気温差に焼き入れられる
ダイエット不要猛暑よありがとう

梅雨入りになって日傘を持ち歩き

暑過ぎてその気になれぬ夏の恋

裏山を豪雨が怖いものにする

時雨まで濁音で降る温暖化

百ミリの雨へベニスに変わる町

ゲリラ豪雨に奪衣婆の慌てよう

節水の町が豪雨に襲われる

空までが大泣きをする世となりぬ

逆走の台風君も認知症

ヴィバルディの四季春秋が擦れだす
歌舞伎座に狂わぬ四季の幕がある
歌舞伎座の緞帳四季が甦る

日本に昔はあった二十四季

太陽光パネルに広場占拠され

風力の電気で回る扇風機

太陽光パネルに緑食べられる
神様も知らない原子炉の内緒
神と悪魔の真ん中に置く原子力

輸入した原発津波には弱い

節電へ消せとは言わぬテレビ局

停電でガスストーブも消えるとは

平成をマグニチュードが痛めつけ

消火器の錆に気が付く震度四

銭湯の富士にはゴミが落ちてない

プラごみの害ストローを紙にさせ

大量のゴミにもしたいダイエット

ゴミでない物が溢れるゴミ置き場

ヒト科以外絶対しないフードロス

釣り糸も海の汚染に加担する

紙おむつして原発の再稼働

災害へ我が家も決めるてんでんこ

汚染水毎日流してるトイレ

原発を停めても原爆の数多

海恋うか恨むか陸にある漁船

ピースして撮る人も居る庁舎跡

復興を雑草だけが遂げている

被災者へ膝を折られる両陛下

天災の中に人災紛れ込む

紙製の門松でよし脱炭素

味噌汁の湯気被災地を温める

その内に鳩の飛べない星になる

雨にも風にも水にも電気にも負ける

アウトは怖いブラックもホワイトも

ＵＦＯよ地球の水はにーがいぞ

方舟は足りるか地球最後の日

大吉と凶神様もジョーク好き

合格は任せろという神の嘘

難病へｉＰＳが神に見え

仏より佛がホトケらしく見え

安全の神話は神の知らぬこと

人間に自由を与え過ぎた神

# Bitter

私

傷心に効く君という痛み止め

土星の輪のごとくあなたを守りたい

皿洗い程度妻への恩返し

夫婦

讃岐うどんのコシの強さよ妻もまた

孫の絵に歳を取らない妻が居る

妻を見てつくづく思う化粧の化

裏漉しをしてみたくなる妻の愚痴

オール3です妻からの通信簿

妻いつもイエローカード束で持つ

十一月二十二日を妻と飲む

妻にもう勝つものは無い糖衣錠

洗濯機の中でも妻に絡まれる

３Ｄじみて飛び出す妻の愚痴

オクターブ下げると妻も恐ろしい

即席の味噌汁でよし妻の留守

想い出し笑いの訳を妻が問う

丁寧に妻の焦がした鍋磨く

奥様から毎月貰う助成金

筑前煮母の美味さを妻が超え

妻の味ビタミン豊富愛豊富

里の夢か妻の寝言は国訛り

子を叱る言葉にまぶす糖衣錠

母の日は花父の日は電話だけ

注連縄が鎖に見える夫婦岩

金婚式初めて子らの脛齧る

老夫婦丸い豆腐を愛でている

お互いのミス見ぬ振りの老い二人

老い二人なのにいっぱいゴミが出る

老い二人なのにトイレを奪い合い

追い焚きをしたい風呂にも夫婦にも

赤紫蘇のあなたへ青紫蘇のわたし

キムチ的妻に奈良漬的夫

人生のエンドロールに君と僕

狛犬の左はわたし右は妻

黄パプリカは私赤パプリカは妻

白百合が鬼百合になる五十年

妻病んで本格的な主夫となる
かけてきた苦労償う妻介護
食細る妻へ命の三分粥

ｉＰＳ細胞妻に間に合わず

薬飲むために食事を妻は摂り

好きだった肉へ伸びない妻の箸

七分五分三分おもゆとなる介護

食事済むたびに妻からありがとう

旅好きの妻の最後の旅は天

逝く時も絶やさぬ満面の笑顔

八人の子と孫へ愛ありったけ

再会はあの世冷たい手を握り

何にでも天まで登る志

おはようとおやすみに亡き妻が笑む

五十日祭妻本当の神になり

生きているように微笑んでいる遺影

遺された妻の写真は皆笑顔

脳だけは確かに進むダイエット

年齢・健康

即答の出来ない脳になっていく
脳トレはまだいいですと脳が言う
解けていく氷河にも似て我が頭脳

雑煮餅一つに減ってもう後期

階段を昇る音まで老いてくる

八月へ祈る両手の皺も増え

老いらくの恋は骨まで愛せない

老いて今指の先から冬が来る

直線が点線になる記憶力

銀座より巣鴨が似合う歳となり

八つ切りの一枚で足る老いのパン

冷凍食品に孤食を助けられ

水漏れの蛇口に老いを垣間見る

老いるって素敵なことよ熟し柿

カルピスの味とは違う老いの恋

一滴のコロン加齢を遠ざける

たしなみとして老臭を消すコロン

老い先の目標におく貴腐ワイン

虹きっと見えます老いの坂の上

年取ってすることのある有り難さ

歳なりに老いて心は若いまま

老いてまだ豆撒きをする小さな声

する事と違ったことをするも老い

非常用ボタン身近に置く孤老

胸底の地熱老いてもまだ冷えず

第四コーナー老春に鞭を当て

足腰の弱り乳母車に抜かれ

カーナビが老いの道にも欲しくなり

老い進むテレビの音を高くして

老い進むお薬手帳貼り替えて

雑草の花が愛しくなって老い

ボタン穴すぐに通せず指も老い

小銭にも邪険にされる老いの指

ストレートから水割りに進む老い

今年喜寿　返すに迷う免許証

今年喜寿　仕事の夢を今も見る

傘寿だと言うが平均寿命以下
今年傘寿米寿白寿を仰ぎ見て
要支援ぐらいは欲しくなる五体

ネクタイも結べない日が何時か来る

反骨の骨まで脆くなってくる

平均を越えているのは寿命だけ

散骨は酒屋の傍にして欲しい
百歳を目指すサプリを友として
バッカスと会う約束の失意の日

自分

花に水ぼくには酒があればいい

一合の酒に酔う日と酔えぬ日と

ノンアルで喉慰める休肝日

欠かさない榊の水も晩酌も

アルコール止めた車の分も飲み

怪我をしてから控え目な酒となり

食前酒僕の場合は飲後食

鈍くなる五感を酒で研ぎ澄ます

昼酌も習慣になるビール好き

お酒ではしたことが無い飲み忘れ
金曜はチコちゃんと飲む独り酒
チョコレート届かず濡れ煎を齧る

ハートチョコ孫から貰う歳になり

寂しい日イチゴミルクの濃さを恋う

私よりおでんの方が温かい

七草を言えて安堵の粥啜る

石豆腐ほどの硬さの脳でよし

詩人には成れそうもない秋刀魚焼く

主夫としてまずトライする目玉焼

気の抜けたサイダーに見る己が影

メロンパン乳房のように舐めてみる

真実を知りたい時は眼を閉じる
白一つ足して私の虹とする
桃色も今は灰色です吐息

タモリには負けぬ私もサユリスト

無理しないようにと言われ無理をする

ときどきは富豪揺すりもしてみたい

お金持ちに夢の数では負けてない
ハイヒールに踏まれムンクの顔になる
影にまで背を向けられる失意の日

虹は八色君という色足して

寒流も暖流もある我が血潮

秒針を短針にする定年後

沈黙は金失言をして悟り
決断へ右脳と左脳噛み合わず
無くたっていい自分史の修飾語

主夫だって悔しいときは鍋磨く

六感を先入観が狂わせる

家庭ではハイハイハイと逆らわず

待っている明日へ眠りを深くする
伝言板そんな時代の恋でした
哀しいと笑ってしまう癖がある

幸せを形にすれば友の数

歌舞伎ではなく歌舞伎座を見に出かけ

宇宙史に自分史という塵一つ

ドイツ語で数字3迄なら言える
中国は嫌い中国人は好き
私を指で数えるバスガイド

ＡＩは絶対知らぬ僕の夢

青が好きボニンブルーの青が好き

牛乳パック濯いだ水も飲んでおく

眠剤を飲み足す虹が消えぬよう
土鳩啼くわたしも啼いてみたくなる
今を楽しむわたくしもキリギリス

枝に刺す蜜柑メジロと友になる

固まった脳数独でもみほぐす

近かった駅遠くなる定年後

元号が変わる私も変わらねば
輪廻転生やり直したいことばかり
二割五分ほどの打率で世を渡り

断捨離で秘密を少しずつ減らす

断捨離へ少しは残す外出着

断捨離の覚悟を決めたブリタニカ

出張のついでと母を喜ばせ
熱中症なのか何事にも夢中
良性というが気になる不整脈

芸術の秋に五感を光らせる

休日の孫を部活に奪われる

散歩するカメラに監視されながら

引き算が毎日続く万歩計

ロウソクの最後の勢いを思う

令和でも僕に流れる昭和の血

紫陽花の水恋うごとく人を恋う

失恋の痛手の長い半減期

増えてくるトイレの蓋の締め忘れ

シャッフルをして哀しみをひた隠す

創作の意欲を雑草に貰う

頭用砥石があればなと思う

一枚の舌で上手に嘘を付く

札束を掴んだことの無い両手

踏台が無いと届かぬ棚になる

少しずつ役を減らしていく名刺

嬉しい日監視カメラに手を振って

くすぐってみたい仁王の足の裏

早起きの人に電話で起こされる

北窓に寄りそう一枚の落ち葉

引退を決める落葉も散り始め

戦争の記憶孫子に伝えねば
無器用で心の詩がまだ詠めず
先の先読んで心は若いまま

３ＬＤＫに沁みゆく孤独感

若き日の夢振り返る三分咲き

長生きはするものの友がまた増える

旧婚さんいらっしゃいなら出てみたい

親近感おぼえる水漏れの蛇口

我が家にも蟻と蜂にも居る女王

魂のしびれる詩が未だ詠めぬ

寒風に折れぬ二本の枯すすき

断捨離の後も要らない物が増え

二千万貯めた恋でもしようかな
何を書くはずだったのか備忘録
パソコンの買い替え迷う喜寿間近

ひび割れた夫婦茶碗が捨てられず

嘘なんか一度もついてない寝言

母の日の饒舌父の日の寡黙

掴むもの年々減ってくる拳
誤字だなと活字になってから分かり
欠片継ぎ足しても過去に戻れない

加湿器が欲しい居間にも心にも

ポイントは貯まる記憶は減るばかり

アッと叫んでしゃっくりを止めてあげ

また同じ所で迷うコンコース

島唄へ開放感がフルになる

ボンネットバスに昭和と乗ってみる

信号の縦に雪国だと思い

この世にもあの世があった恐山

デジタルの隙間を情で埋めてみる

裏返しして真実を見極める

十六夜の月が十五夜よりも好き

絶対にされたくはない試し切り

その内に鬼から豆を投げられる

無影灯おや私にも影が無い

空気入れみたいな役でよしとする

マーラーを聴いて心の皺伸ばす
毎日の孤食も哀しみの一つ
楽しみはゆっくり悲しみは急に

自分自身を敵だと思う時がある

煮崩れぬように私も角を取る

１０時１０分３５秒です僕も

# 風味

十四字詩

愛でられる菊食べられる菊

下向いて咲く藤の謙虚さ

冬を彩るシャコバサボテン

自然・物

スイートコーン生でがぶりと

新タマと煮て美味い新じゃが

干されて甘く変わる渋柿

米を銘酒に変える名水

青魚から貰う長命

目黒のサンマわずか千匹

冬眠できぬ腹ペコの熊

鶏もマスクが欲しいインフル

ネズミは知らぬ少子化の意味

犬にも分かる犬好きの顔

十割蕎麦の蕎麦湯楽しむ

ブルーチーズの黴が美味しい

残飯活かす主夫の炒飯

切っても切れぬ納豆の糸

ハートを描くトマトケチャップ

疎開地想い醫る干し芋

電気釜でも出来る甘酒

屠蘇で真っ赤に下戸の頬っぺた

酒のつまみが届く父の日

お湯割りの湯が増える焼酎

灯り消さずに寝てしまう酔い

晩酌だけは忘れない呆け

宇宙が詰まる五グラムの砂

定年からは要らぬ目覚し

百五十年汽笛一声

今も汽笛が響く新橋

C57今も貴婦人

我が生きざまと同じＤ５１

いまだ放送車内禁煙

物産展で旅の気分に

人の道にも欲しいカーナビ

抜け道も混む晴れの連休

多忙な人へ頼る急用

人ほか

辞書引くよりも直ぐググる癖
直ぐにも切れる人の繋がり
ＡＩ頼る考えぬ輩

アイウエオから探す人の名

知らぬ新語に頼るパソコン

無駄話にもそれなりの価値

詩をどうぞと誘う満月

僕も百迄作句忘れず

二度とマクラを聞けぬ小三治

時事・社会・環境

ロケットの名で飛ばすミサイル

ミサイルよりも視たい尺玉

三猿強いる独裁の国

終戦の日は何時も水団

食うものが無い熊とガザ地区

人の弱みで肥る文春

揚げ足取って野党得意気

ワンチームには成れぬ国会

そろい踏みとはいかぬ三役

天皇制も揺らぐ少子化

蒲団を干すと怒るマンション

パチンコ店の好きな新装

チャンネル押すとここも大谷

チャンネル押すとここも食べてる

チャンネル押すとここもＣＭ

録画に撮って飛ばすＣＭ

セブンイレブンなのに終日

小銭の手間を嫌う銀行

自粛の街の揃う閉店

その手は乗らぬ初回半額

ポストが暇に土日祝日

飛脚の方が速い郵便

同じ口調の天気予報士

土の匂いを呉れる雨音

人工芝に要らぬ太陽

線状という怖い降水

線状帯が絶えぬ日本

自転車よりも遅い台風

原発もまた延びる定年

温暖化とは言えぬ大雪

入学式を祝う葉桜

風と光に頼る発電

時に役立つ風呂の溜め水

医療保険の辛い三割
減る晩酌へ増える錠剤
病院内でコロナ感染

病・自分

性格ならばいいが陽性

禁固十日をコロナ命ずる

打診もせずに薬出す医者

四年号を跨ぐ百歳

七草の名を言えて安心

記憶には無い寝入る瞬間

贔屓チームが勝って安眠

朝はスッキリ夜はガックリ

低くなる背へ老いを実感

齢の数だけ噛めぬ福豆

子にもう見せぬ痩せた老いの背

測る度減る老いの身長

残る余生へ速い秒針

遠く感じた米寿目前

角取れぬまま米寿迎える

# あとがき

シリーズ『川柳三昧Ⅲ』をようやく上梓することが出来た。作句開始は一九八五年（昭和六十年）四月で柳歴四十年弱になるが、当初十年毎に句集発刊を考えていた。しかし一冊目の『川柳三昧』の発行は十四年目の一九九九年（平成十一年）三月であった。二冊目の『川柳三昧Ⅱ』はほぼ十年後の二〇一〇年（平成二十二年）九月に出版できた。三冊目も十年後の二〇二〇年（令和二年）中の発刊を目指し、掲載柳誌の半分弱を新葉館に送ったが、その後、妻の介護の関係で高齢者マンション、更には子供達の近くのマンションへと引っ越しが続き、柳誌散逸で送付が不可能になった。更に妻の介護と思わぬ逝去で遅れていたが、心身的にも落ち着きを取り戻し、また帰国中の次女夫婦の手伝いもあって柳誌の整理が可能になり、残りを送付することが出来た。

抽出された八千句余りからの選句で約八百句を掲載句とした。掲載順や分類は『川柳三昧Ⅱ』に準ずるが、その内容にはかなりの違いがある。一つは形式的な事だが三つの味に「風味」を付け加えた。これは川柳雑誌「風」からの選出句をプラスしたもので、形式が異なるため混同できないためである。

内容的に大きく異なるのは老いと病の句の多さである。老いの句はあまり詠むなとも言われることがあるが、立派な後期高齢者としては止むを得ないとものとしてお付き合い願いたい。多少プラス思考の老いも含まれてはいる。次に多いのは妻関連の句で、これは妻が仕事を退いてから一緒に過ごす時間が増えたため、更には介護の止む無きに至ったためと思われる。からかっているような句も多いが裏返しと見て頂ければ有り難い。

その他の句の作風は相変わらずというか進歩が無いのに改めて愕然とさせられる。この歳になっても幅広く奥深い川柳への探求心は盛んで現代川柳にも挑戦しているが、なかなか身に付いて来ない。それでも挑戦は続けていくつもりでいる。

川柳の普及活動については著者略歴に記す吟社や勉強会で工夫しながら

行っている。悩みは高齢で辞められる方が居ることだが、一方では九十歳から始められる方も居り、高齢何するものぞという思いでもいる。今後も続けていきたい。

ここで特記しておきたいのは、この句集編纂中に思わぬ朗報が飛び込んできたことである。それは今年の秋の叙勲で旭日双光章を授与されたことである。地方文化の発展に貢献した人が対象であるが、川柳が立派な文化であることが立証されたということで喜び倍増である。これも関係者皆様のお蔭と改めて感謝申し上げたい。

最後に、句集の発刊にあたり、新葉館の竹田麻衣子氏を始めとする皆様に選考対象句の入力を初め多大の労力をお掛けし、日程的にもご苦労をお掛けしたことに厚く感謝申し上げたい。

二〇二四年十一月三日

津田　暹

【著者略歴】

津 田　　暹（つだ・すすむ）

1937年（昭和12年）6月3日
東京都大田区生まれ。千葉県在住

1985年　作句開始

〔現在〕
千葉県川柳作家連盟相談役、川柳人協会事務相談役、川柳研究社顧問、わかしお川柳会顧問、川柳みるふぃーゆ顧問、川柳展望会員、川柳触光舎会員、川柳スパイラル会員、川柳雑誌「風」会員、姉崎川柳会講師、塚田川柳会講師、蘇鉄川柳同好会講師、ユーモア川柳会講師、ＫＧ川柳会講師、ＨＥＡＲＴ川柳の会講師、毎日文化センター川柳通信講座講師、北國新聞川柳選者

〔著書〕
句集「川柳三味」（1999年）、句集「川柳三味Ⅱ」（2010年）、「川柳作家全集　津田　暹」（2010年）、句集「川柳三味拾遺」（2014年）、「川柳作家ベストコレクション　津田　暹」（2018年）

川柳三味Ⅲ ＋風味

○

令和６年12月25日　初版発行

著　者
津　田　　暹

発行人
松　岡　恭　子

発行所
新　葉　館　出　版
大阪市東成区玉津１丁目9-16 4F 〒537-0023
TEL06-4259-3777 FAX06-4259-3888
http://shinyokan.ne.jp/

印刷所
明誠企画株式会社

○

定価はカバーに表示してあります。

ISBN978-4-8237-1360-6